君比閱讀廊

# 漫畫少女偵探 2

## 影像背後的真相

君比 著

山邊出版社有限公司

# 目錄
contents

# 序一

今年年初有幸參加了君比老師所教授的兒童小說創作班，雖然是短短幾堂的課程，但當中獲益良多。最令我意想不到的是君比老師竟然邀請我們這班年紀小小的學生為她的新書寫序。我很感謝老師給我這個機會，能夠在我最喜愛的小說作家的作品內寫序真是十分榮幸！

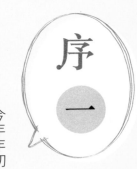

我一向較喜愛閱讀英文小說，對中文小說興趣不大。我第一次接觸老師的書就是《叛逆青春》這個系列小說。當時，我只是因為好奇為什麼身邊的同學及朋友都在看及談論老師的書，於是我才開始閱讀她的作品。沒料到閱讀完第一本《叛逆青春》後，我竟然愛上了她的作品！之後，我就不停地在圖書館借閱老師其他的作品，就這樣迷上了她不同系列的小說！

老師一向擅於創作有關時下青少年的寫實故事，而《漫畫少女偵探》是老師第一次嘗試寫的偵探小說，感覺很新鮮。這個系列的第一本書是講述故事的主角張小柔——一個十三歲的中學生，相貌竟然與幾十年前的一套偵探漫畫裏的女主角藍天長得一模一樣！小柔身邊發生了一宗兇殺案，之後離奇的事情不斷發生。這個偵探故事最特別和吸引讀者的地方，就是現實案情與漫畫裏的劇情是十分相似的。

當我在閱讀第一集故事時，腦海裏不禁浮現了很多的問題：為什麼小柔與藍天會長得一模一樣？竹山勁太與藍天又有什麼關係？竹山勁太為什麼會在這個時候遇到意外？漫畫是否與小柔有特別的關連呢？

現在，君比老師又給讀者們帶來一連串的新謎團。在第二集的故事裏，小柔又再次遇上了另一件奇案。一名與她同校的女生——周曼曼竟然從寓所墮樓死亡。警方因為找到她的遺書，所以把這案件列為自殺案。但不久之後小柔竟然在學校儲物櫃裏找到神秘人寫給她的信件，信中神秘人指出周曼曼不是自殺，而是被殺，並提出了不少疑點。看來少女偵探小柔又有一件等着她破解的新奇案件了！

香港華人基督教聯會
真道書院中一級學生
黎泳希

# 序二

作為君比老師在資優教育學苑的學生而言，今次能夠為此書撰寫序言，我感到十分榮幸，此機會實屬難能可貴，在此我要感謝老師對我悉心的教導和培育。

我還記得第一次接觸君比老師的著作是《叛逆青春》系列，其系列的情節出人意表，書中角色在君比老師筆下表露無遺，令我百看不厭。她的作品大多是描寫青少年的心理、遇到的問題、處理方法及旁人的幫助，容易讓我們產生共鳴，從此繼續追看她的小說。

《漫畫少女偵探》的內容撲朔迷離，帶給讀者們一個思考的空間。我十分喜歡書中主角——小柔，她樂於助人，膽大心細，擁有高超的分析力和靈活敏捷的頭腦。在第二集中，同校女生周曼曼死亡案件發生後，她發現神秘人在自己儲物櫃放置的信件，認為此案的確另有內情，連同王梓和志清對這案件展開調查，義不容辭地要為死者周曼曼翻案，誓要將兇手繩之於法，其正義感是我十分欣賞的。究竟死者是他殺還是自殺呢？那就請大家翻開書本，尋找答案了！

君比老師筆下的主角小柔正義感很值得我們學習，君比老師細緻地描寫書中不同角色的心理，除了能讓讀者們有更深的體會外，還能從而作出多方面的思考，一舉兩得。

期待君比老師能繼續創作更多精彩的小說，讓讀者們可繼續欣賞她寶貴的作品。君比老師，我永遠支持您！

嘉諾撒聖瑪利學校
六年級學生
黃頌婷

# 序 三

十分感謝君比老師給我一個機會為她的新書寫序言！

故事中，小柔就讀學校的中二學生周曼曼墮樓死亡，並留下了一封遺書，內容是關於她因學業壓力大而選擇自殺，但背後的真相是這麼簡單嗎？

自殺事件後，有一神秘人把一封信放在小柔的儲物櫃，說周曼曼一定是死於他殺，而不是自殺，原因有幾個：她在校曾受欺凌，而且有人對她追求不遂，懷恨在心……小柔決定與她的搭檔志清、王梓抽絲剝繭，找出真相。究竟神秘人留下信件的目的是什麼？周曼曼究竟是自殺還是被殺？那就有待讀者們去找出答案了。

書中的情節十分緊湊，令我看得欲罷不能。不但如此，我還從書中學會了細心觀察生活中的事物，不要被事物的表象所蒙蔽，這一點，往往就是找出真相的關鍵。

一本好的偵探小說，不單是在於情節是否吸引、內容是否豐富，個人覺得還要能帶領讀者進入書中，讓讀者猶如置身其中，顯然這本精彩的小説就做到這一點。

好吧，不阻大家時間了，就讓我們一起進入這精彩的文字世界吧！

順德聯誼總會何日東小學
六年級學生
施嘉垣

# 一　十三歲女孩未必能承受的真相

莫老師專程把竹山太太給小柔的白信封送到她的家，親手交給她。

白信封裏，並沒有信件，只有一張舊得已發黃的相片。

相片背景是豔陽下的海邊，相中人是一男一女，他們身體每一吋都散發着青春的氣息。

小柔一望便認出，相中女孩就是她。十三歲的她，已有一米六五的高度，紮得高高的、長及腰際的馬尾，隨海風飄動。相中的她，雙手拿着米黃色的大草帽，穿着清爽的淡藍色吊帶裙，如背景的明天一樣藍，人也快要融到背景裏。

她身旁站着一個比他高出半個頭的男孩子，瘦瘦的他像根燈柱。雖然瘦削，但看來依然是個俊俏的少年，和小柔一樣，面上呈現着比陽光更璀燦的笑容。兩人沒有牽手或擁抱，但一致的笑容令旁人感覺到兩人的心是連在一起的，情侶關係呼之

欲出。

然而，在小柔的記憶中，懼怕猛烈陽光會曬傷雪白肌膚的她，長大後從不會在日間去沙灘，而且，相中的男子完全陌生，她實在想不出自己怎會和他有這張合照。

張進見小柔拿着相片發呆，遂把它取過來，反轉後面看看，發現在相片後有兩行以黑色原子筆寫下的字：「竹山勁太和藍天，攝於一九七四年」。

一輪靜默過後，張進才沉着聲道：「相中的女孩不是你，只是一個酷似你的人。」

「除了孖生兄弟或姊妹之外，世界上怎可以有兩個人的外貌相似度是九成九，甚至連髮型、笑容、神情都一樣呢？」小柔不禁抬起頭問他道。

「世上總有一些事情是難以解釋的。」張進為難地道。

「連爸爸你也不能解答？」小柔眨着兩隻大眼睛，一臉失落地道。

「不如讓我們一起尋找答案吧！」張進摸摸女兒的額頭，提議道。

小柔又垂下眼睛，看着相片中的藍天，自言自語地道：「如果這個藍天真有其人，現在的她，該跟竹山勁太年紀相若。她——在什麼地方呢？真的想去見一見

她！」

「小柔，如果你渴望知道真相，不如——不如我陪你去找竹山勁太的太太吧！我相信與她會面，問個清楚，一切都可以水落石出。她請莫老師帶這張相片給你，目的只有一個——引領你去見她。」

「爸爸，其實……莫老師早前給我們看過一個網台的訪問，被訪者就是竹山太太。她曾公開呼籲我這個當天給竹山先生嚇怕了的人主動找她，她會向我解釋他當天怪異行為背後的原因。後來……因為有太多事情發生，結果我沒有去拜訪她，也沒有把這件事情告訴你。」小柔一個轉身坐到沙發上，抱着屈起的雙膝，把臉埋在

膝上。

「原來竹山太太早已請你去見她?!那就現在去，好嗎？越早知道事情真相越好。我陪你一起去！」張進坐到小柔身旁，哄她道。

小柔搖了搖頭，臉孔依舊埋在膝上。

「爸爸，你不明白！」小柔聲音裏有點煩燥。「你一點也不明白！」

張進輕歎口氣，道：「我未做過女人，當然不太明白十三歲的女兒心裏想什麼，又沒有你媽媽在身邊幫忙。但，我們家就剩下你和我，你有什麼事，都可以跟我說，我會盡量去了解。」

半晌，小柔才道：「現在，我的心裏有兩個『我』。一個『我』說：『你還不快去找竹山太太問個清楚？』另一個『我』則說：『你不害怕知道真相嗎？你和藍天到底有什麼關係？當年竹山勁太認識的藍天，是否依然在世？數十年前出版的漫畫，情節怎會和現在發生在你身邊的兇案有多方面的吻合？』

「如果我不去查證，或許我可以繼續做個普通人，過最正常、最普通的學生生活，無憂無慮。爸爸，你明白我的意思嗎？」

張進伸出手去搭着小柔的肩膊，道：「我明白了。你是未準備好去迎接一連串的真相。畢竟，你只有十三歲，站在你的角度去看，事件的確複雜難明，真相未必是現在的你能夠承受的。

「好！爸爸不強逼你，待你有一天準備充足了，我便陪你去拜訪竹山太太。相信她願意等你的！」

# 二 土豪式補習VS人道式補習

「又到了我最討厭的星期一。唉——還有四天要晨早六時半爬起牀！真痛苦！」志清坐在飯堂的木椅上，半瞇着眼，呢喃道。

「嘿！你不是說過，見到我們就開心的嗎？」王梓問他，「你口不對心喎！」

「我見到你們的確是開心的！」志清辯道，「我不介意上學，只是介意要早起牀。昨晚我和親戚去遊船河，吃海鮮，不知多開心，開心得整晚都難以入睡。今早起牀超辛苦，幾乎想請病假算了。你們呢？周末如何度過？」

「我昨天全天都在工作！」王梓簡潔地回道。

「工作？你去M記賣包？」志清饒有興致地問道：「抑或在肯記炸雞？」

「不！我替一個遠房親戚的小六兒子補習，是『土豪式補習』，早上九時一直補習至晚上九時，親戚供應午、晚兩餐，我們邊吃邊補。補習費一百元一個小時，

昨天，我賺了一千二百大元！」

「連續十二小時補習？你不累嗎？你的學生呢？怎能十二個小時都專注？」小柔圓瞪着眼，一臉不可置信地問。

「累呀！我聲線都沙啞了，有時還要斥喝他，而我的學生就大部分時間都魂遊四海，我久不久便要把他的魂魄勾回來。」王梓笑道，「為了賺錢，無所不用其極。」

「強逼一個十一、二歲的孩子連續十二小時馬拉松式補習?!簡直是虐待！他的爸媽是極級怪獸家長！王梓，你呀——為一千二百元而答應親戚任土豪式補習，簡直是虐兒事件的幫兇！」小柔癟下嘴來，眉頭一蹙，兩臂交疊，誓要為這個不認識的孩子叫屈。

「算了吧！」志清趕忙上前撲熄小柔熾熱的怒火。「王梓都是想賺點錢幫補家計罷了！我相信他都不敢再試了，是嗎，王梓？」

「應……應該不會了！他和我都辛苦，而且，沒有太大成效……所以，下次補習頂多補個半小時，實行人道式補習，好不好？」王梓抓抓頭，尷尬地道，並試着

轉個話題：「小柔，你呢？周末做了些什麼？可有抽時間去見竹山太太？」

「我——哪來時間呢？」小柔抿起一邊嘴角，笑道，自知笑容非常牽強。「很忙呀！」

「測驗完了，你忙什麼？」志清好奇問道。

「是否去了醫院探望郭深？」王梓試探地問，「聽新聞報道，他爸爸郭大合在旅館把下了安眠藥的飲品給郭深喝，幸好分量不太多，他才保着性命。他現正在醫院吧？」

「是，郭深昨天才蘇醒，我和爸爸遲點兒會去探望他。」

「他出院後是否會回你的家繼續暫住？他父母不被控謀殺，也肯定被控誤殺，判十年八年監是肯定的了。」王梓道。

「郭深說過他申請了入大學宿舍，校方會儘快安排宿位給他，或許，他出院後未必會回我們家住了。」小柔解釋道。

「那我就放心了！」王梓釋然地道，「一想到你爸爸上班後，你和他孤男寡女共處一室，我便擔心得徹夜不眠……」

「我爸爸不擔心，反而要你來擔心？」小柔噗嗤一聲，笑道。

「大家小心！我們的重量級廣播天后吳美人正由兩點鐘位置向我們這邊衝過來！」志清提醒大家。

「我們先散開吧！若果她收掣不及，我們當災！」小柔望着這個五呎十吋高，接近一百七十磅的吳美人逐步逼近，正要逃走之際——

「大件事啦！大件事啦！」吳美人邊跑邊道。「有人死了！」

聽到最後一句，小柔停下了腳步，轉身望向剛跑到她身旁的吳美人。

剛剛「破解」了一宗謀殺案，小柔對「有人死了」這句話的敏感度大增。

「是誰死了？」小柔定睛看着她，問道。

「是周曼曼！」

大件事啦！
大件事啦！
有人死了！
是誰死了？
是周曼曼！

# 三 竊竊私語的男女

「周曼曼是誰？」志清問。

「是三、四線藝人？歌星？」王梓問。

「不！周曼曼是我們學校的中二級同學！」吳美人耍着手，更正他的資料：「去年聖誕，那社際歌唱比賽的亞軍，就是周曼曼！」

「啊——」志清恍然大悟地道，「她就是唱《活得比你好》的那個女孩子？」

「是呀！你終於記起了！」吳美人興奮地揮舞着拳頭。

「有人死了，怎麼你顯得這樣興奮？是你殺了她？」志清以疑惑的目光盯着她，問。

「我的樣子似殺人兇手嗎？」吳美人兩手叉腰，毒視着他，反問。

「你這副樣子，九成似！」志清嘿嘿笑道。

「如果我真的是殺人兇手，第一個要殺的目標應該是你！」吳美人舉起拳頭，向着志清衝過去。

「喂！你們不要玩啦！有人死了，還玩什麼？」王梓揚起雙手，制止了這場「武鬥」。

「周曼曼是怎樣死的？」小柔問。

「剛才我看手機的即時新聞，說她昨天傍晚從嘉禮頓道二十一樓的寓所墮下，送院後證實死亡。」吳美人談到命案，馬上收起武鬥的那副兇神惡煞模樣，以專業廣播員的姿勢回答查詢。

「就是這麼多資料而已？」小柔再問。

「即時新聞，通常只有人物時間地點。你要詳情，就要看晚一點的電視新聞報道，或是翌日的報章。」

「驟耳聽來，她應該是自殺。最近發生十多宗學童自殺事件，想怕這個周曼曼也是受這『自殺潮』影響，踏上不歸路。」王梓歎息道。

「終於輪到我們的學校有大新聞了！但，奇怪地，怎麼今早沒有記者站在校門

前找學生做訪問，套取自殺者資料呢？」

吳美人嘟着嘴，狀甚不滿。

「有師妹死了，你卻只慨歎為何沒有記者來訪問你？」志清故意長嗟短歎來氣吳美人。

「我不是這個意思！」吳美人拉長了臉，道：「我只是怕，記者對學童自殺新聞已經做到麻木，不再去抽絲剝繭，仔細報道。」

「吳美人，你認識周曼曼嗎？」小柔問。

「不認識。大家不同班級，怎會碰面呢？我只知道她是歌唱比賽的亞軍，因為她參賽的歌曲正是我的『飲歌』，所以我

對她的印象比冠軍更深刻。」吳美人補充道：「坦白説，她唱得比冠軍更好，更有感情，老師評判眼光真是差了點，或許因為她選了這首歌詞太『激』的歌，評判因而扣分吧。」

上課的鐘聲響起了，談話要終結。

在操場集合時，校長站到講台上，以沉重的語氣向全校宣布了這個消息：「中二E班的周曼曼同學，已經在昨天……離開了我們。收到這個不幸的消息，我們全體教職員都感到非常難過。我相信此刻同學的感受跟我們一樣沉痛，如果想哭的話，我鼓勵你們哭出來。另外，教統局已派一位教育心理學家到學校來，如果你們

感到困擾或者不安，可以主動向老師或心理學家求助……」

中二E班就排在小柔班隔離。小柔別過頭去看看這班同學的反應。排在隊伍中間的她，只能看到前半班的反應。

全班靜默一片。沒有人哭泣，沒有人低頭拭淚，甚至沒有人表現哀傷。開學至今已兩個半月，已足夠建立起一段段友誼了吧？難道這個周曼曼是個極度慢熱的人，大半個學期都未能與班裏的人混熟？又或者她是個神憎鬼厭的人，全班都暗地地裏祈求她在世上消失，現在終於如願了，心裏卻有些恐慌、內疚和自責？

小柔轉身繼續觀察 2E 班的反應，看到在隊伍較後位置，有一男一女兩名同學在竊竊私語。

校長宏亮的聲音通過廣播器送出，蓋過了操場所有人的談話。

從這兩名同學惶恐的神情看來，似乎他們對周曼曼事件的內情知道一、二。

不過，小柔並不認識周曼曼，警方也一定會徹查事件。

「我還是過我正常的初中學生生活吧！」小柔暗暗對自己道。

# 四 神秘人的信

每天的晚飯時間，小柔和張進都是以電視新聞「送飯」的，今天也不例外。

晚間新聞的焦點，當然是周曼曼的死亡事件：

十三歲生前在鍾志仁紀念中學念中二的女生周曼曼，昨晚在約莫九時三十分，從嘉禮頓道豪天花園二十一樓的寓所墮下，跌在大廈平台上，重傷昏迷，住客發現後通知保安員報警，救護員到場將她趕送醫院，可惜最終傷重不治。警方封鎖現場，撿獲死者的髮夾、眼鏡和一隻拖鞋。周的家人接獲消息即趕到醫院了解情況，聞噩耗後抱頭痛哭。

警方其後在周的家中檢獲遺書，提到尋死是因為學業的壓力，故初步把案件列作自殺案處理。九月開學至今，已有十五宗學童自殺事件……

「終於有一單是發生在你學校。」張進放下碗筷，感慨地道。「小柔，你認識這個跳樓的女孩嗎？」

「她跟我不同級別，我不認識她。」小柔搖搖頭道。「但，今天校長在早會宣布她的死訊時，我發覺她班裏的同學都不太哀傷。我相信她在班裏沒有太多朋友，又或者因某些原因，她被同學排擠。不過，警方已找到她的遺書，知道她尋死的原因，一切都清楚了。」

「她跟你一樣大，十三歲，大好青春就在眼前，許多事情都未嘗過，這麼一跳，世上一切都與她無關了。唉——她的家人不知有多傷心！若果換了是我，真不知該如何活下去了！」

「爸爸，」小柔緊握他的手，道：「我會珍惜生命！若遇上什麼難以解決的事情，我一定第一時間找你商量，絕對不會自己鑽牛角尖，你大可以放心！你會一直見證我的成長，工作、結婚、生孩子，我要你當一個快樂的爸爸和公公！」

*　*　*

「你看了今天的報章報道沒有？」志清把一份免費報紙攤在飯堂的桌上，食指點點報道中校長一張特大的相片。「校長的相片，比周曼曼的相片要大好幾倍，驟眼看，還以為尋死的是校長呢！」

「自己的學生跳樓，校長一定要會見記者，談談對這個學生的印象。」王梓道。

「學校近千名學生，校長多數時間都關在校長室，我猜他根本從未跟這個周曼曼談過半句話，他談對她的印象，都不能盡信……」

在志清和王梓談個不休的時候，小柔默默注視着報道裏一張周曼曼的學生相。周曼曼算不上很漂亮，相貌清秀。相片中的她，兩眼靈亮有神，但笑容欠奉，似乎是個不快樂的女孩。

吳美人提到周曼曼在去年聖誕的社際歌唱比賽中奪亞軍，但小柔那天碰巧缺席，無緣看她在台上的風采。

她細看報道，才知道周曼曼來自單親家庭，爸媽三年前離異，周曼曼與媽媽及哥哥搬到嘉禮頓道的寓所居住。周曼曼墮樓的晚上，媽媽與讀中五的哥哥在學校參

加講座，家中的菲傭碰巧回鄉度假，所以家裏只剩下周曼曼一人。

雖然沒有目擊證人，但因發現遺書，故警方認為事件沒有可疑，已列為自殺案處理。

「你們討論完沒有？我還未背熟一會兒背默的文言文。麻煩你們收起報紙。」小柔把報紙推開，「啪」的把中文課本放在桌面，也把周曼曼事件的談論畫上句號。

* * *

放學後的羽毛球訓練完結了，小柔如常到儲物櫃準備執拾書本。

櫃門一開，一封摺疊好的信從櫃裏跌到地上去。

她馬上把它拾起，打開一看。

小柔：

你好！在我認識的人之中，你該是最有偵探頭腦的。我知道最近你鄰居郭家發生的複雜命案，協助破案的功臣其實是你，所以，我堅信只有你才有能力幫我忙。

周曼曼前晚墮樓身亡，警方憑一封在她家找到的遺書，便斷定她是自殺。坦白說，周曼曼雖然多愁善感，但她絕對不會隨便輕生。我敢說，她該是被謀殺！

我並非胡亂瞎說，而是有根有據的。

內向怕事的周曼曼，在學校曾被欺凌，而且頗為嚴重，但她沒有向老師或社工求助，一直都是啞忍，以致欺凌者變本加厲。至於欺凌者會否演變成謀殺犯，就有勞你去查證了。

據我所知，校內一名男生很喜歡她，曾向她表白，但被拒絕。他會否懷恨在心，對周曼曼採取報復行動，就不得而知了。

我提供的資料，是否足夠令你展開偵查呢？

周曼曼朋友不多，真正了解她的人或許只有我一個。如果我不代她發聲，向你求助，她死亡的真相便永遠沒辦法查出。

我沒可能給你什麼偵查案件的費用，但我相信，你也希望事件會水落石出，好讓大家知道曼曼的死亡真相，並把犯事的人繩之於法。

我衷心祈求你，幫我這個忙！

周曼曼的摯友

# 五 神秘人現身

「這封信的字跡……」志清拿着信看了一遍又一遍，得出這個結論：「是我認識的人寫的！我敢肯定，我一定見過這些字跡！」

「見過又如何呢？」王梓把信一手搶過來，道：「重點是究竟小柔想不想偵查，和如何偵查？我們連周曼曼都不認識，是否該答應她的摯友，幫這個忙？」

「連警方都已把她的死列作自殺案處理，不再追查。單憑小柔一個，怎查呢？就算加上我們，也只得三丁人，人丁單薄！」志清聳聳肩，道。

小柔把信取回，仔細再讀。「叫我小柔的，又知道我有份偵查郭家謀殺案的，一定是熟悉我的人。他或她為何不直接問我，而要寫信給我這樣間接呢？又不肯署名，表露身分？」

「這神秘人可能怕你會拒絕，被直接say no很『瘀』，他是『怕瘀』，所以選擇

寫信吧！」王梓猜道，「這個神秘人該是個男生，極有可能是周曼曼的愛慕者。」

「喂，怎有可能呢？」志清推翻他的猜測。「這信的字跡，肯定是屬於女孩子的。你看字體這麼整齊，幾乎每粒字大小一樣！」

「我們男班長的字，不也是整齊得如電腦字體嗎？」王梓反問。

「那你認為寫信人有可能是男班長嗎？」志清問。

「以他的個性，該不會做這些事。」王梓擺擺手，推翻了這個可能。「我們若果憑這封信的字跡去猜寫信人是誰，猜三日三夜也不會猜得中！」

「難道闖進校務處去，借用學校廣播，問問是誰把匿名信放進張小柔的儲物櫃？」志清笑問。

「我忽然想到一個方法！」小柔鬼鬼地笑起來。

* * *

翌日早上，小柔一踏進校園，便有一個熟悉的人影跑到她面前，雙手執着一張蔚藍色的字條，恭敬地立着。

「神秘人就是你——袁淙流？」小柔交疊着手，翹起一邊嘴角，斜眼瞪着對方，問道。

「是！」袁淙流大力點了點頭，腦後兩條幼長的辮子如鐘擺般隨着也擺了兩下。

「跟我到雨天操場後的小花園談談吧！那兒比較僻靜，方便傾談。」

小柔領着她走到空無一人的小花園。

「這兒通常只有蚊，沒有人，是我這些不惹蚊的人最愛來傾談的地方。」小柔把書包放在石凳上，微垂下眼，看着面前這個比自己矮半個頭的同班同學道。「其實，昨天一收到信，我已猜到神秘人一定是班中的同學。吳美人說過，周曼曼在聖誕社際歌唱比賽中奪亞軍，她必定喜愛唱歌，或許有參加學校初級組合唱團，而我們班的合唱團成員就只有四個，而你——在這四人中是最文靜內向的。你在信中說周曼曼是內向怕事的，性格相近的人才會走在一起，所以，你是『神秘人』的頭號熱門，加上，你平日字體整齊如電腦字，就算你在信中刻意把平日的字型變胖，我也認出是你的字。就是因為要確認我的猜測，所以我寫了張簡短的字條給你，貼在

櫃門上。我早料到，你會很緊張，要知道我收信後的反應，一定會躲在儲物櫃附近觀察我。我把字條貼在門上，你會在我離去後第一時間上前去看。倘若你今早如我所料準時在校門附近出現，守候着我，就表示你充滿誠意，很值得我去幫忙。」

「是嗎？小柔，你真的願意幫忙？」淙流雙手合什，眼裏溢滿希望。

「你要知道，我不是專業的私家偵探，就算我肯幫忙，也未必可以破案。」小柔先作聲明，以免對方期望過高，萬一破案失敗，失望好大。

「上次郭家兇殺案，你不是比警方更早找出真兇嗎？」淙流迫不及待抖出一番讚賞的話。「連警方也未有頭緒，你已經向可疑人物採取行動，今年的好市民獎名單上一定有你的名字。所以，我第一時間便想到找你幫忙。」

「為何你不向警方求助？」小柔問。

「我已經作出嘗試！」淙流為難地道，「我昨天上學前曾經鼓起勇氣致電九九九，打算說有關周曼曼墮樓事件的資料，但對方說，警方已經把案件列作自殺案處理，還教訓我：『小朋友，不要亂打警方報案電話，這樣會阻礙真正有需要求助的市民！』我猜是我的聲線太過稚嫩，令人誤會我只是『玩電話』的小孩子。掛

線後，我馬上跟我媽媽提及此事，想由她代我向警方講述事件的疑點，希望警方深入調查，但卻反被媽媽責罵我多管閒事，又說與其搞無謂事情，不如專心讀書，考好成績。

「昨天，我見有教育心理學家到校，小息時便主動去見她。怎知，她只是和顏悅色的跟我談了幾句，然後給我一份問卷，着我填好交給她。我用心填了，並把一些事情的疑點記下，放回她收問卷的盒子裏。

「不過，待我下課後再去輔導室找她，卻再也找不着。社工說，心理學家見同學普遍沒有什麼情緒困擾，便提早離開。我見問卷盒子是空的，遂問社工，心理學家是否看過所有問卷，他答說：當然看過！又問我是否有事找他談，他很忙，趕着和校方再開會。我向他提及案件的疑點，他說他只處理學生的情緒問題，不會干涉警方查案的工作，又重申這是宗自殺案，要我接受，又問我有否學業方面的壓力，便借故走了。

「離開輔導室，經過禮堂，見你正在打羽毛球。我靈機一觸，想到拜託你去深入調查。你和志清、王梓早前曾在學校談論郭家兇殺案，我曾八卦地靜聽你們的對

談，知道小柔你確實有偵探頭腦。然而，我和你只是同班，算不上是朋友，怕你未必肯幫忙，便想到寫信放入你的儲物櫃，測試你的反應。

「小柔，你願意偵查曼曼的事件，我衷心感激你。我對你充滿信心，現在就只有你有能力查出謀殺或誤殺曼曼的兇手！」

# 六 遺書上的字跡

周宅的閘門半開，站在閘後的是個哭得兩眼紅腫的婦人。

「你好！我們是周曼曼的朋友，請問你是否曼曼的媽媽？」小柔有禮地跟她打招呼。

「是。」婦人聲音有點沙啞，她輕撥垂到眼角的髮絲，展現一個淒苦的笑容。「我是曼曼的媽媽，我叫Anna，你們可叫我Auntie Anna。因為……我早已和曼曼的爸爸分開了，所以，不要叫我周太！」

「好的，Auntie Anna，我們可以進去跟你談一會兒嗎？」雖然不認識周曼曼和她家人，但看見這個剛痛失女兒的單親媽媽，小柔心裏隱隱抽痛起來。

「當然可以！請進來。」Auntie Anna把他們三人迎了進去。

他們這是第一次踏足豪宅。三人一看見露台那一望無際的維港景色，和這近千

呎客廳的寬敞幽雅，禁不住在心底驚歎。

「若給我在這兒住一個月，我願意一年不打機不上網！」志清壓低聲線，在小柔耳畔道。「這個家『豪』得像酒店的總統套房，我真不相信周曼曼會捨得自殺！」

小柔翻他一個白眼，但心裏很同意志清的話。當然，一切有待追查。

「你們要飲些什麼？」Auntie Anna問。

「不用了！我們只是想慰問一下你，順便看看，有什麼事是我們可以幫忙的。」小柔代表三人道。

「你們真有心。請過來這邊坐。」Auntie Anna把他們領到客廳的大沙發前。甫坐下，她便道：「還未請教你們的名字呢！」

「我叫張小柔，他們是王梓和徐志清。」小柔收斂起笑容，續道：「我們跟周曼曼同是學校合唱團的成員，雖然只是認識了數個月，感情不算太深，但，總算是相識一場。昨天，校長在早會帶給我們這個噩耗，我們都很震驚和難過。周曼曼給我們的印象是文靜寡言，但她樂觀積極，樂於助人，我們難以相信她會選擇走上自

毀之路。」

Auntie Anna一低頭，淚水便狂湧出來。小柔見狀，馬上把几上的一盒紙巾遞給她。

她抹乾淚水後，苦笑道：「不好意思！太失禮了！這兩天……實在……很難過。」她兩手交疊在膝前，儀態優雅。

「我們明白的。昨天，我也哭了，有不少同學都為曼曼而傷心。」向着一個喪女的媽媽撒謊，小柔也不想，但，這個謊，不得不撒。

「我這個做媽媽的，怎也料不到女兒竟會作出自毀的決定。當天，我和一恆，即曼曼的哥哥出門前，曼曼說會準備三餸一湯，等我們回來時一起品嘗。因為，我們僱用的菲傭放假回鄉了。我烹飪技術不太好，沒有傭人，我只會叫外賣，反而，曼曼廚藝甚佳也愛下廚。我還記得當晚她打算煮蝦仁炒蛋、醉雞和菜心牛肉。

「我和一恆在學校聽講座的時候，便接到警方的來電，說……曼曼出事了。當我們趕到醫院時，已來不及見她最後……最後一面！一切發生得很突然！我完全不敢相信，女兒已經離開了我……在我仍未接受到現實時，警方說要上我的家查看，

我們便順應要求回來了。」Auntie Anna斷斷續續地道。

「Auntie Anna，新聞報道說，警方在你家裏發現曼曼的遺書，請問，遺書是放在什麼地方呢？」小柔徐徐問道。

「她的遺書，是在飯廳桌上發現的。」Auntie Anna指一指距離沙發約十米的一張飯桌。

「曼曼在遺書上寫了些什麼呢？Auntie Anna，你介意告訴我們嗎？」王梓問道。

「她的遺書很簡短，說因為承受很大的學業壓力，與同學的相處又不太融洽，所以決定了斷生命。」Auntie Anna眼睛又潤濕起來，聲線抖震地續道。

這時，大家身後傳來開門聲。門開了，出現的是一個身材魁悟、穿着校服的男生。小柔認得那是一所傳統名校的校服。

「他是我的兒子一恆。」Auntie Anna向大家介紹道。

「一恆哥哥，你好！我們是曼曼的朋友，特來探訪。不好意思，打擾你們。」小柔站起來，向一恆道。

一恆注視着他們，明顯地有些愕然。「這麼多年來，曼曼從未邀請過同學回家玩。她自小便靜得像隻兔子，我還擔心她太文靜，沒法交朋友。原來，她在學校都有朋友，那真好！」

跟曼曼不同，一恆一臉陽光，而且皮膚古銅色，是典型的運動型男孩。

「你們在談曼曼的事吧？」一恆放下書包，主動坐到他們對面的沙發上，問道。

「是的！我們正談及曼曼那封遺書。」Auntie Anna省起了些什麼，恍然大悟地道：「那天，最先發現遺書的正是一恆。」

「對。因為，我們從來不會把紙張放在餐桌的，所以，當天警方陪同我們一回家，我一經過飯廳，那張紙便映入眼簾。你們也見到，我們的飯桌是深褐色的，在上面放上白紙，非常顯眼。

「曼曼的遺書，寫得很簡短。全信不過五十字，便是她給我們最後的話語。」一恆長長歎了口氣，無恨無慨地道。

「你認為，遺書上的字跡是否曼曼的？」王梓問道。

「我——這兩年沒有看過她的功課，不知道她的字體有否改變。以前我有幫忙看她的功課，但只限於她讀小學時。如果憑她小學的字體去辨認，我相信遺書上的字跡是她的。呀——我把遺書交給警方調查前，我用手機拍了照片。」一恆馬上把手機掏出，把相片找出來給他們看。

從未見過曼曼字跡的三人，飛快地把它讀了一遍，大家交換了一個眼神，由小柔代表道：「一恆哥哥，你可以把她的遺書傳給我們嗎？放心，我們一定不會把它廣傳。我們只想留下一些曼曼所寫的文字，作為對她的懷念。Auntie Anna，請問可以嗎？」

Auntie Anna淡淡地道：「既然你們是曼曼的朋友，我同意讓你們留一份，但請

不要放上網或傳給別人看。雖然，內容跟傳媒報道的差不多，但，它始終是曼曼給我們的東西。」

「我們明白，請你放心。」小柔又道：「我們有個請求，不知道，我們能否參觀一下曼曼的房間？」

# 七 笑容詭異的老婦人

「這就是曼曼的房間了。」Auntie Anna把一道房門開了少許，手便停住了。「自從她出事後，我便沒有再進去，是怕觸景傷情。你們想看看的話，請自便。」

三人推門而進。

「嘩——」志清禁不住跑到睡房那碩大的玻璃窗前，兩手抵着窗玻璃，驚歎道：「無敵景觀美不勝收！我們……我們可否在這房間住一晚？」

「喂呀——」小柔一手捏着他的衣袖

邊，把他扯開。「你忘了我們來的目的嗎？好像不是來觀光啊！」

「周曼曼的睡房比我整個家更要大，景觀比我去過的任何一間酒店更要震撼。既然來到，就讓我們欣賞一分鐘才做正經事吧，好不好？」

連平日一本正經的王梓也提出這個請求，小柔投降了。

「好啦好啦！你們愛觀景，我就給你們一分鐘，盡情去觀個飽吧！」

小柔負氣地道，然後轉身走到曼曼的書桌，自行蒐證。

她的書桌，連電腦桌都是桃紅色的，抽屜多達八個。電腦桌上卻沒有電腦，想是給

警方取走了。

小柔輕輕把抽屜逐個拉開察看，都是擺放得整整齊齊的文具和練習簿。中間的一個抽屜放了一個精緻的雕花圖案木盒，裏面有幾張摺疊的字條。小柔把字條打開細看，就這樣發現了曼曼的一些秘密。

她把字條靜靜放進衣袋裏，繼續翻看她的物件。

「有沒有發現些什麼？」

兩個大男孩賞景完畢後，返回小柔身邊，問道。

「不如你們檢查一下曼曼的牀吧！」小柔一邊低頭翻弄最底一格的抽屜，一邊道。

「吓？小柔你說什麼呀？你要我們檢查她的牀？」兩人嚇了一跳。

「是翻翻她的枕頭、牀褥、牀底，看看有否藏了些重要的字條或其他線索。」

「哦——」兩人長長的「哦」了一聲，便埋首找線索的工作了。

* * *

「Auntie Anna，我們打擾你很久了，差不多是時候要走了。」小柔等在曼曼的房間逗留了約莫十五分鐘才出來。

「那麼快便要走？」Auntie Anna從沙發上站起來，有點不捨地道。

「但臨走前，還想問你們一個問題，就是：曼曼是否有私人補習老師的？」小柔問。

「有。那老師其實是一恆的同學。」Auntie Anna回道。

「是的。我同學Raymond成績優異，跟我又是很好的朋友，是上月初開始，他才每星期三次上來我家替曼曼補習。是她上次測驗成績欠佳，自己提出要請人補習的。不過，Raymond上星期患上流感，已有一個星期沒有上課，當然也沒有來補習。我……亦已告訴了他曼曼的事，着他……不用再來了。」一恆淡淡地道。「他聽了消息，也很震驚。一個活生生人的，好端端的，倏地離開了，原因，竟然是抵受不住學業的壓力。我們的親友知道了她的死訊，全都很震驚。」

「我從沒有給曼曼任何學業壓力，也沒有逼她上什麼補習班，就算她成績稍遜，我都只是說，盡力而為就可以。我自己自問也不是讀書料子，也不會給子女過高的要

求。我至今都不明白曼曼為何會離去……」Auntie Anna喃喃地道，目光調到那寬敞的露台。

據新聞報道，曼曼就是在這露台一躍而下。

小柔徐徐向這露台走過去。

「小柔！」志清和王梓不約而同叫了出來。

她沒有理會他們，筆直走到露台前，拉開玻璃門，踏了出去。

露台三面都是玻璃圍欄，設計獨特，但有些觸目驚心，尤其這兒是二十一樓，畏高的人一定不敢走出這露台半步。

小柔兩手搭在欄邊，深呼吸了一下，才低頭往下望。

「呀——」她竟看見了卧在平台上，屈曲了的曼曼屍體，嚇得叫了一聲。

「小柔，你叫什麼呀？快返回客廳！」王梓衝到露台，把她強拉進客廳。

就在她臨離開露台前，她驚見隔壁露台正站着一個瘦削的白髮婦人，向她微笑揮手，笑容詭異。

「對不起！小柔她直衝往露台，有些魯莽，對不起！」返回客廳了，王梓代她向大家致歉。

一恆匆匆拉上了玻璃門，板着臉道：「曼曼出事後，我們沒有再踏出露台半步，還打算封死這道露台門。明天一早，我便會找裝修公司請人來做妥這件事。」

「對不起！一恆哥哥、Auntie Anna，打擾了你們很久。我們還是告辭了。」小柔尷尬的笑了笑，急急和王梓及志清離開了。

在等候電梯時，王梓鮮有的向小柔大發脾氣。

「你剛才是否瘋了？兩日前，人家女兒就在露台躍了下去，你怎麼一聲不響的直奔向露台，問也不問主人家一聲？」

「人家不知道，還以為剛才是什麼靈異事件！你好像給邪靈引領着，要走往人家自盡的地方。嚇死人啦！」志清也加入痛罵。

「對不起！當時……我真的感覺到有股無形的力量驅使我走往露台，我實在難以解釋……總之，我就是想出去感受一下——」小柔為難地道。

「感受？你想感受什麼？你說的無形的力量，難道是周曼曼的——靈體逼使你去露台？」志清愀然變色。

# 八 三張摺疊的字條

電梯門「叮」的大開了。裏面有乘客的關係，三人暫中斷對話，直至走出大廈。

三人在附近的休憩處坐下。身邊沒有其他人了，小柔才放膽跟他們道：「剛才，我在露台往下望，竟然……竟然看見了周曼曼的屍體！」

「小柔……你可知道你自己在說什麼嗎？」志清臉色又是一陣紫一陣青。「天快黑了，你不要跟我們說這些嚇人的話！」

「我當然知道自己在說什麼。」小柔鎮定地續道：「看見的時候，我怕得叫了出來。在王梓把我扯回客廳前，我還見到一個笑容詭異的老婦人。她站在隔壁的露台，向着我揮手，那笑容……我只可以用『詭異』二字去形容。」

「小柔，你這番話——令我毛髮直豎！」王梓低着頭，尷尬地道：「我蛇蟲鼠

蟻、醉漢，甚至瘋漢都不怕，但一聽到靈異鬼怪之類的事物，恐懼系統便會自動啟動。這一點，我一定要跟你說，就算破壞我的好男兒英勇形象也沒辦法。」

「算了！我不再說。」小柔抿抿嘴，似笑非笑地道：「原來你兩個大男孩都懼怕這些。」

「小柔，你……是真的見到周曼曼……向你現身？」志清又怕又要問。

「我的確是見到她躺臥在平台，但只一瞬間，她便消失了。我相信是因為周曼曼死不瞑目，她的亡魂也希望我可以幫她忙，沉冤得雪。」小柔這樣解讀。「至於那露台上的老婦人，我並不清楚她跟周曼曼的死有沒有關係，又或者她只是碰巧在那個時候走出露台乘涼而已。不過，這幾張字條，我相信和周曼曼的死或許有些關連。」

小柔從衣袋裏取出三張摺疊的字條，攤開，放在石桌面。

「這一張字條，字體看來是個頗成熟的人寫的。

曼曼：

謝謝你送的生日禮物！我會非常珍惜它，也肯定會用上一輩子。

這是我的小小回禮，希望你會喜歡。如果下次見你的時候，你戴上了它，就代表你接受我，願意給我一個機會。

我非常期待下次的見面！

R. Y.」

「這個R. Y.是誰呢？」志清問道。

「剛才周一恆説，周曼曼的補習老師就是他的同學Raymond，字條上的R. Y.，有可能就是他。」小柔推想。「直覺告訴我，這『大人款』的字體，該是高中或以上的人才

可寫出。」

「如果R. Y.真的是這個補習老師，那麼，他和周曼曼該正在發展師生戀！」志清驚道。

「我就覺得是男方喜歡女方多一點！」王梓道，「補習學生送禮物給老師，不代表什麼。我小時候也送過禮物給女補習老師。不過，這個R. Y.給曼曼的回禮，竟然是一些可以戴上的東西，應該是頸鍊、耳環或戒指之類的飾物。還說，『你戴上了它，就代表你接受我，願意給我一個機會。』明顯地，男方是在採取主動！」

「你的分析跟我的大致相同。」小柔微笑道，「但請再看看另外兩張字條。寫字條者並非R. Y.呢！

你不要理會無聊人的説話了！你越着緊，他們越是要談論你，嘲諷你。但你不用擔心，我可以保護你。無論發生什麼事，我都會在你身邊陪伴着你。有解決不來的事，儘管告訴我。記着，萬事有我！

聰聰

我知道昨天發生的事令你很難受，我也恨不得把他們痛打一頓！昨天我一直在想，我可以做些什麼來令你好過一點。最後，我決定用我儲了三個月的零用錢買這份禮物給你，就當是提早一個月為你慶祝生日。希望這份早來的生日禮物能給你一點安慰，令你『開心番』！

你的聰」

「嘩！真是人不可以貌相！周曼曼不算頂級靚女，想不到竟然也有不止一個男生對她傾心！」志清搖搖頭，不可置信地道。

「或許周曼曼有她的天然魅力，會吸引異性。我們不認識她，當然有很多事情不能理解。但，周曼曼的朋友袁淙流説過，她認為周被謀殺的理據是：一、她在校曾被欺淩。我們要查一查欺淩她的是誰。二、有人對她追求不遂，懷恨在心，會否因而動殺機，這也要我們深入調查才清楚。

「暫時，這三張字條裏的兩個男生，都是明顯地喜歡周曼曼的。」小柔仔細分析道。「不過，周曼曼對他們如何，有否接受他們任何一個，又或者還有沒有第

三、第四個，就有待我回家去看畢她這本日記，再跟你們開會詳談。」

她捧着手上的一本有個心型小鎖匙孔的日記簿。

「剛才我是在牀褥下找到這本日記的，但它上了鎖呢！」王梓道。

「幸好我在她抽屜裏的一個木盒找到兩條小鎖匙。我知道，放在盒中的鎖匙一定極為重要，所以也把它們拿起了。」小柔邊說邊以其中一條鎖匙來開那心型鎖，最後成功了。

「哈！不出我所料！」小柔打開日記簿，翻了兩頁，道：「這留待我今晚詳看吧！我們今天的偵查會議結束了。時間不早啦，大家要趕回家吃飯，明天再見！」

# 九　沒有情感流露的遺書

「下次你該讓我陪同一起去，你單獨行事，我不放心！」張進癟下嘴來。

「有王梓和志清陪伴我，還算單獨行事?!」小柔瞪大眼睛道。

「沒有成年人陪同，太危險了！」張進換了個説法。

「我只是上周曼曼的家，又不是上殺人疑兇的家。」她嘟囔道。

「在什麼都未證實之前，任何人都有嫌疑，她的家人也不例外。」張進一臉認真地道。

「案發時，周曼曼的媽媽和哥哥都在學校聽講座，有確實的不在場證據。」小柔説畢，詫異地道：「爸爸，你也認為周曼曼是被殺而非自殺?」

「你暫時找到的證據，都足夠證明她並非自殺。」

「還有，你給我看她遺書的相片，她的遺書以黑筆寫的，但你在她書桌上發現

的只有藍、綠和紅色筆，而且，你說遺書所用的淡藍間線單行紙，在她整張書桌搜遍也沒有，這兩點已足夠令人懷疑。若果遺書真的是她失意絕望到要尋死前寫的，她總不會刻意去文具店買全新的一疊紙和黑筆去寫吧？她那遺書的內容非常簡單，只說因為學業壓力太大，承受不了而尋死，字裏行間沒有什麼情感流露，寫得好像很『行貨』。雖然我沒有看過一封真實的遺書，但總覺得，一個女孩子寫給家人的最後一封信，至少會表達對家人的愛和養育之情的感謝，該是感人肺腑，賺人熱淚的。但我連看了那封信兩次，絲毫沒有被感動喎，而我可算是個感情豐富的人！」

張進又惘懷往事了：「你媽媽死後的兩年，每次跟朋友談起她，我仍然會兩眼濕潤！」

「爸爸，我跟你一樣呢！」小柔抿嘴笑道。

「虎父無犬女！」張進笑道。

「不過，現在我已可以平靜地告訴別人關於媽媽的離世。我相信媽媽很想我們笑着活下去。」小柔道，「至於你剛才對那封遺書的評論，我絕對同意。

「今天，我們還在周曼曼房間的牀褥下，找到她收藏的日記！」

小柔把日記簿掏出，打開第一頁，又把手機裏周曼曼的遺書放大，擺在桌面，好讓爸爸對比字跡。

張進湊近去仔細比較一下，才道：「我認為，寫遺書的並非周曼曼！你看這一橫一豎，寫遺書者是刻意模仿她微彎的筆畫，但部分卻模仿得不太似。由此可見，寫遺書的是另有其人！」

「爸爸，你這結論，我非常同意。」小柔大力點了點頭。「剛才回家途中，我已在車上看完全本日記。原來，她三個星期前才開始寫日記，而且並非每天都寫，所以，只有寥寥八頁。當中有一半，她談及對愛情的看法，也提到R. Y.和聰，但似乎，她對他倆的追求都未有接受。

「在第三和第五篇日記，她這樣談R. Y.呢！

問心說，他真的是學識淵博，數理科又精通，可說是一本人肉百科書！但，他用不着這樣show off（炫耀）自己吧？常把自己所獲的獎項，彪炳的成績掛在嘴邊，說一、兩次，我的確佩服你、仰慕你，但重複又重複，便有反效果。你可明白呢？

周曼曼房間的牀褥下，
找到她收藏的日記！
Diary
這是之前用手機拍下，
周曼曼的遺書。
……
寫遺書的並非周曼曼！
你看這一橫一豎，寫遺書者是刻意模仿她微彎的筆畫，但部分卻模仿得不太似。
由此可見，寫遺書的是另有其人！

你來替我補習，又不是來應徵補習，這樣hard sell自己，何必呢？我都是喜歡謙虛的人！

送隻電子錶給他作生日禮物，只是禮貌而已，亦是哥哥提議我才做的，沒想到他會有這麼大的反應！是否因為他由小學至中學都是讀和尚廟（男校），沒機會接觸同齡女孩，了解女孩的所思所想才會有這個美麗的誤會呢？

「在最後一篇日記，她就寫到聽。

有些人說：我很希望可以找到一個愛我的人。

有些人說：我很希望可以找到一個我愛的人。

但很少人說：我很希望可以找到一個和我相愛的人。

今天，他竟然跟我說了第一句話。

你教我該如何回應？

我很感激他的欣賞，他一直對我的關心和照顧，還有在我被欺負的時候維護我，安慰我。

可惜，我對他總沒有愛的感覺。

抱歉，聰！縱使我們在外型上真的頗相襯，但，相襯並不足夠啊！

我，只能當你是最最最……好的一位異性朋友。

對不起，聰！」

「這個周曼曼雖然年紀輕輕，但思想頗成熟。不過，這麼年輕便——唉！可惜！」張進搖頭歎道。

「爸爸，我也覺得很可惜！如果我早一點認識她，知道她被欺凌，我一定會想盡辦法幫她，替她解圍。」小柔道，「日記簿的其中一篇，她提到自己被欺凌。

我真不明白某些人的心態，為何總愛揭人家事、秘聞？我爸媽早已離婚，可以有各自的男女朋友。我爸爸的女伴碰巧是個年輕女子，那又如何？我覺得這與我無關，我不會過問，更不會干涉。然而，那些無聊人竟然故意在我面前高談闊論，要觸動我的神經。那討厭的魯德然，還把那些八卦周刊帶回來，小息時高聲朗讀，更撕下來貼在壁報板上！幸好，我忍耐能力夠高，沒有在他們面前哭出來。

剛才結結實實的哭了一場，感覺舒服多了。

我或會再哭的，但，這不代表我是弱者。我只是用適當的方法去發洩情緒罷了。

「這篇日記是個半星期前寫的了，之後她有沒有再受欺凌，就不得而知了。

「不過，昨天校長宣布周曼曼的死訊時，我就站在她班隔離。我發覺有一男一女在竊竊私語，直覺告訴我，他們知道一些內情。明天我會主動找他們問個清楚。」

「好！王梓和志清會陪伴你吧？」張進問。

「如無意外，應該會的。」小柔回道，「我去見的只是兩個初中生，會有什麼危險呢？」

「暫未知他們和周曼曼的墮樓案有沒有關連，還是小心一些好。如果他們願意合作的話，你可以透過他們知道聽是誰，也可以向他進行查問。」

# 十 愛生事煩人組

「Hello！」

小柔、王梓和志清三人霍的坐到卓燕和潘朗迪身邊。

「咦？你們是誰？我們不認識你們啊！」潘朗迪馬上道。

「我識你們！你們是3A同學，在操場集隊時就站在我們隔離。但我就是知這麼多，我連你們的名字也不知道。」卓燕則道。

「我叫張小柔，他們是王梓和徐志清。」小柔馬上介紹道。

「我們不太熟悉，你們還是坐另一張枱吧，反正這茶餐廳仍未滿。」潘朗迪禮貌地道，「我倆想有些私隱。」

「雖然我們不太熟，但一次生、兩次熟。」王梓笑道。

「三次大結局！」志清隨口接了下去道。

「吓？你這是什麼意思？」卓燕愕然地問。

「沒有什麼特別意思！」志清伸伸舌頭，笑道。

「沒有意思的事就不要說了！」小柔白了他一眼，然後轉頭跟卓燕道，「前天早上，校長宣布周曼曼的死訊，我留意到你們在說悄悄話。因為我受人所託，想查明周曼曼的死因，所以，我特意找你們談一談，看看你們可知道什麼內情。」

卓燕和潘朗迪交換了一個眼神，有點疑惑，更目露驚慌。

「放心！我們不會向有關人士透露你們所說的內容，總之不會令你們身處險境。」小柔向他倆保證。

卓燕湊在潘朗迪耳畔說了些話，得到他點頭同意，才開始道：「我們2E班有一個二女一男的三人組，我們暗地叫他們做『愛生事煩人組』。他們專愛欺凌在校內沒有朋友，又內向怕事的人，主要是言語攻擊，在人家背後造謠，又在人面前肆意抨擊，誓要激得人家落淚或發怒反擊，這樣他們就開心。去年我們已跟他們同班，目睹他們把一個男同學逼迫得要退學，又把一個瘦弱的女同學逼得轉校。」

「這個煩人組竟可以肆意欺凌同學？為何被欺凌者不告發他們？你們這些旁觀

者呢？目睹這樣的情形，怎不向班主任或訓導老師報告此事？」小柔激動得雙拳緊握，滿臉通紅。

「唉——你有所不知！這煩人組有強勁的後盾，其中一個的爸爸是校董，另一個則是校長的姨甥，你可以投訴他們嗎？向誰投訴呢？」卓燕無奈地道。

「我們都知道周曼曼被欺凌，都寄予同情，但實在愛莫能助。」潘朗迪也道。

「傳媒報道周曼曼是因學業壓力而自殺，我感到懷疑，因為，我們班的學業競爭方面並不算激烈。

「我們班雖然是精英班，但同學們普遍的讀書態度不算很積極，也沒有像B班般鬥個你死我活。所以，我認為周曼曼或許是因為受欺淩，一時看不開而自殺。如果屬實，愛生事煩人組便是間接的殺人兇手了！」卓燕蹙眉道。

「周曼曼出事後，煩人組竟然可以日日『無事人』般，完全沒有表露悔意，更不要說替周曼曼感到難過了，他們跟冷血動物沒有分別！」潘朗迪悻悻然地道。

「是嗎？他們真的有這麼差勁？」小柔忿忿地道，「他們叫什麼名字？」

「兩個女孩，一個叫莫繽芬，另一個叫高菊，男的就叫司徒錦。」卓燕回道，「你會代周曼曼教訓一下他們？」

「我們會先查明真相，才決定下一步怎樣做。」小柔道，「今天放學後，我們就去找這個煩人組。」

「今天放學後？不行吧！我要去港島區參加籃球比賽，已是總決賽，一定要去。對不起！」志清苦笑道。

「我也不行！我們校園電視台上月邀請了一位作家到校接受訪問，今天放學後要到剪片室剪片，因為很難得約齊人，不能不去呢！不好意思！」王梓雙手合十致

歉。

「既然你倆沒空，我便單獨行動吧！」小柔奮勇地道。

「不能呢！」志清和王梓不約而同地道。

「為什麼不能？」她問。

「我們答應過你爸爸，在任何情況下都不能讓你單獨行動！」王梓回道。

「是嗎？」小柔來回看看他倆，問：「你們什麼時候跟我爸爸談過？他倒沒有告訴我呢！」

「就在昨天，他分別傳訊息給我和志清。」王梓開了手機訊息，遞給她。

「我並沒有把你們的電話交給他啊！」小柔看了訊息，只感奇怪。

「小柔，是時候要轉電話密碼了。你爸爸肯定是知道了你的手機密碼，從你的手機中找到我們的電話號碼。」

# 十一 在簿架的意外發現

「爸爸！怎麼這樣遲才到呀？」

小柔站起來，向剛踏進禮堂大門的張進招招手。

「要工作嘛！反正仍未開始，我不算遲吧！」張進在她身邊坐下。四下張望，問道：「志清和王梓呢？還以為你們會坐在一起。」

「他們今晚沒空出席。」小柔頓了一頓，又問：「爸爸，你為何要在我手機找我朋友的電話？」

張進閉目養神，沒有望她。「爸爸只是緊張你而已，你心裏知道的。」

「你大可以問我要他們的電話號碼，理由充分的話，我會給你的。」小柔輕聲補道，「我知道你緊張我的。」

「你所有事情，我都緊張。就算今天我的嚴重偏頭痛發作，你要我來學校陪

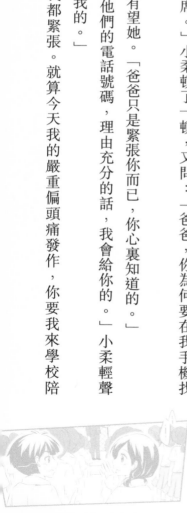

你出席這個周曼曼追思音樂會，我下班寧願不去看醫生，也要趕來。」張進眉頭緊皺，道。

「爸爸你偏頭痛發作?!現在你覺得怎樣？」小柔驚問。

「當然是在痛楚中，但寶貝女要求我來音樂會，我怎敢不來？」張進苦笑道。

「謝謝你啊，爸爸！」小柔由衷地道。「今晚，很多重要人物都會出席，所以，我們不可不來。」

「寫信給你的神秘人袁淙流呢？」張進半瞇着眼，問道。

「她是合唱團成員，一會兒會隨團員上台表演。」

聽眾陸陸續續進場。

小柔輕拍爸爸的肩膊，食指暗暗指向正在入場的幾名聽眾，低聲道：「那個一身黑裙的便是周曼曼的媽媽，那個頗俊俏的，穿着聖路加斯中學校服的，是周曼曼的哥哥周一恆。走在他身後，比他矮半個頭，穿同樣校服的，該就是周曼曼的補習老師Raymond，亦即是給她寫曖昧字條的那個R. Y.！」

「Raymond是R. Y.，只是你暫時的推斷。」張進輕揉着後腦，道。

「爸爸，你的頭痛是否很嚴重？」小柔看他緊皺的眉心，不禁問道。

「我會用意志力克服的了。」張進扭着脖子去看那三人，又道：「如果那個矮瘦男孩就是周曼曼的補習老師Raymond，我相信他只是純粹喜歡她向她表達愛慕之情。他跟她的死沒有直接的關係。」

「為何爸爸你這樣說？」

「你看那Raymond的雙眼紅腫得多厲害！他好像比她哥哥更要傷心。直覺告訴我，這個傷心的大男孩並沒有害人。」張進又問：「周曼曼的二號愛慕者——聰呢？他來了沒有？」

「讓我再看一看他的相片。」小柔開了手機的訊息，查看卓燕傳給她的相片，再在2E班坐的位置搜索。

「坐在第四排右邊第三個，圓臉，大眼的那個男孩便是聰了。他——也是眼腫腫，一臉落寞的。他的全名是吳少聰。」

「兩個可憐的大男孩已『相』過了，那麼，愛生事煩人組的三名滋事分子呢？」張進問。「他們曾欺凌周曼曼，今晚或許會選擇不出席。」

「聽聞校長出了特別的家長信，要求周曼曼那班2E全體同學都要出席，其他班別的人，若不出席，要有家長信列明原因才可以。校長希望整個禮堂也坐滿人，以示對周曼曼的尊重。」小柔一邊解釋一邊搜尋。「呀，見到了！他們三人就坐在第五排，就在吳少聰後面。紫雙辮的那一個是莫繽芬，直短髮的是高菊，旁邊的曲髮男孩就是司徒錦。」

「哼！來出席追思會，神情卻如此輕佻、不屑，真想過去摑他們一巴，看看能否把他們摑醒！」張進怒道。

「爸爸，你冷靜呀——不要亂來！」小柔慌忙按着他雙手，道。

這時，校長上台了。

「各位來賓，歡迎到來周曼曼追思音樂會。2E的周曼曼在這星期一，十二月十三日永遠離開了。為此，我們感到極度悲痛。為了表示對她的思念，我們決定舉辦這個音樂會，藉着歌聲和音樂，送別周曼曼同學……」

「如果有多投放資源在建立一個關愛的校園，多進行生命教育、逆境自強，關注品德教育，今次的慘劇或許可以避免。現在出事了，一百個追思音樂會都不能挽

回周曼曼的性命吧……」張進喃喃地發表感受，聲音不大，但周邊的人不難聽到他的「偉論」。

「爸爸，你可否回家才發表演說？」小柔挨近他，帶點責備的語氣道。「你再繼續說，就會變成全場焦點。我並不想這事發生。」

*　　*　　*

好不容易才待到音樂會完結。

張進要到洗手間洗臉，小柔遂在長長的走廊徘徊等候。各級的簿架就擺放在走廊。小柔在等候時隨意四處看，就這樣看到了其中一疊簿上一張「似曾相識」的紙。

那並不是學校用紙，而是有淡藍色間線的，底部有一個皇冠標誌的紙，就是——周曼曼遺書所用的紙！

小柔差一點大叫起來，她急忙以口捂着嘴，看看四下無人，便伸手進架裏，把這張紙抽出來。

這紙上只有兩條完成了的數題，紙的兩面都沒有寫姓名和班別，左上角有顆釘書機釘，釘子釘着一張紙屑，看來這是一份功課的其中一張。

小柔再仔細看看簿架上其他幾疊簿，各式各樣的單行紙都有，就是沒有這張淡藍色單行紙。

「你在做什麼呀？」張進早已從洗手間出來，站在小柔身後問她。

小柔把單行紙遞到他面前，指一指上面的皇冠標誌，張進馬上明白了。父女倆在簿架翻來找去，折騰了好幾分鐘，都找不着想找的東西。

「家長、同學，我要關校門了。麻煩你們離開學校吧！」工友站在他們身邊，木然地道。

# 十二　地鐵站口的問路者

「這兩條數題，照我推斷，該是高中程度的數學。」張進坐在沙發上，把數題看了又看，下了這個結論。「不過，小柔呀，你有否想過，這款單行紙可能很普遍，很多人使用呢？」

「不！我和志清、王梓就從未見過了。」小柔馬上回道。「我曾在學校附近的兩間文具店，和我們屋邨的文具店看過，也問過，沒有一間有售賣這款單行紙。其中一個文具店老闆更說，早在五、六年前已沒有入這款單行紙，因為來貨價高昂，又沒有太多顧客會買。剛才我們差不多找遍整個簿架，都找不到另一張，不是證明了，這款單行紙是很罕有的嗎？」

「唔。你說得很有道理。」張進把手上紙放到一旁的茶几面，身子橫躺在沙發上，又再閉目養神。

「爸爸，剛才你見了不少和案件有關的人物，可有什麼頭緒呢？」小柔索性坐到地上，頭伏在沙發上，問他道。

「頭緒？一點也沒有，頭痛就多得很！」張進笑道，笑容苦澀。

「哎，仍然頭痛？那就早點上牀睡覺吧，不要賴在沙發上！快快快，回你的睡房去！」

把爸爸又推又扯的趕回睡房後，小柔自己卻半點睡意也沒有。

坐在沙發上，她的目光不期然地調到放在旁邊的那個環保袋。

袋裏放的，就是竹山勁太送贈的一套《少女偵探藍天》。

漫畫的第一集，就是寫女主角藍天追查鄰居被謀殺案，而碰巧前一陣子，她的鄰居郭家也發生了兇殺案，涉嫌謀殺的正是郭家的人，案情與漫畫的情節不謀而合，而這亦是小柔第一次協助偵查的案件。

小柔按捺不住，打開了環保袋。

放在漫畫冊面的，正是竹山太太在醫院委託莫老師送來給她的相片——年輕的竹山勁太和藍天的合照。

這張相片背後隱藏的秘密，小柔暫時未有足夠勇氣去知道。

她長長吁了一口氣，把相片放回袋中，然後掏出漫畫的第二集。

封面的書名，已教她呆住了。

《自殺？他殺？中二女生的死亡真相》

竹山勁太是否有未卜先知的能力，抑或，他有特異的能力，可以令自己杜撰的故事成真，還把一個在數十年後才出生的少女繪畫成漫畫的女主角？

既然漫畫已在手，就開始閱讀，看看第二集跟周曼曼事件有多少吻合的地方吧！

在漫畫裏一開始便死去的中二女生木村雅子，是個沉靜好學的女孩，而她的死因，跟周

曼曼的一模一樣，由寓所墮下，重傷昏迷，送抵醫院後證實死亡。身為木村雅子同學的藍天，傷心過後便開始徹查事件。在漫畫裏，警方憑雅子遺下的兩封遺書，推斷她是自殺，但藍天卻不接受這推斷，認為性格積極的她，沒可能自殺。

在集合所有線索後，藍天找出了幾名疑兇——包括雅子的同學、補習老師和——她的親兄長！

在曲折離奇的偵查過程中，藍天和她的好拍檔——她的繼父終於查出真兇了，真兇竟然是——

手機在這個時候突然響起了。

悅耳的鈴聲，在寂靜的客廳裏，竟有吵耳的感覺。

小柔馬上放下漫畫，飛撲上前接聽了這個來電，生怕它把爸爸吵醒了。

「喂，小柔，你仍未睡吧？」

來電者竟是志清。

「我仍未睡。」小柔道：「你有特別事要找我嗎？通常你有事都在羣組裏跟我說，從未試過在晚上十時後致電我啊！」

「凡事都有第一次呢！」志清道，「我的確有非說不可的事要告訴你！」

「你們在剛才的籃球賽勝出了？」小柔猜道。

「此其一！」志清興奮地道，「今次我們竟然大勝32比19呢！賽後趙Sir和我們吃晚飯慶功，回程時我才開手機，看到你傳給我們在追思音樂會上拍的相片。小柔，你真的細心，每個和案件有關的人物，你都拍了一張特寫，拍攝技巧很不錯呢！」

「你來電的目的不是讚賞我的拍攝技巧吧？」小柔沒好氣地問道。

「唔，我該這樣說。因為相片拍攝得夠清晰，令我認出了其中一個人。」志清笑道。

「其中一個？誰呀？你快跟我說個清楚！」小柔催促他道。

「剛才我和老師、隊友吃完晚飯回家，竟然就在地鐵出口碰見你拍攝的其中一個人——周曼曼的補習老師Raymond！」

「那麼巧？他就住在你那區？」小柔驚問。

「不！他只是來我這一區補習而已。」

「補習？剛才的追思音樂會在晚上八時半才完結，那麼晚，他之後還去補習？為何你又會知道的，你主動跟他攀談嗎？」小柔一疊聲的追問道。

「不是我主動，是Raymond主動在港鐵出口向我問路。他要趕赴一個新的補習。」

「剛出席完舊補習學生的追思音樂會，那麼快便有新的補習？」

「他是名校生，該是較搶手的補習老師，又或者，他急需這筆補習費吧。那麼巧，他的新補習學生就住在我那幢大廈，我索性跟他邊走邊談。我們先談及新補習學生，原來，他跟王梓一樣，也從事『土豪式補習』，由晚上九時半開始補習，直至凌晨二時半，連續五個小時全科補習，一星期兩次，星期六的一次就比較人道，下午二時至晚上九時，不用補習至凌晨。現在潮流興土豪式補習，是小柔你少見多怪了。」

那邊廂，小柔沒有回應。

「喂喂？小柔你仍在聽嗎？」志清急問。

「我仍在，只是，我在想，Raymond替周曼曼補習，也是土豪式嗎？」小柔幽

幽地問。

「你猜得對。」志清回道。「Raymond說，他以前替一個住在嘉禮頓道的女孩補習，一星期三次，星期二、四晚上七時，邊吃晚飯邊補習至午夜十二時，星期日中午十二時至晚上九時。只一個補習學生，便令他這高中生月入過萬，薪金比他那當全職文員的家姐還要高。」

一星期兩次馬拉松式補習？是誰「發明」這種要命的補習方式？怪獸家長？抑或怪獸補習老師？

小柔仰頭望望牆上的鐘，十時四十二分。

如果周曼曼仍在世，此刻的她，該仍然在埋頭苦補吧？

「周曼曼的媽媽不是說過，她沒有給女兒任何學業壓力嗎？為何周曼曼要接受這種虐待式的補習？」小柔不禁問道。

「唉——我媽媽當年要我四歲的妹妹學琴，也說是因為妹妹有興趣，單為培養她的興趣而買琴、聘鋼琴老師，後來就演變成手持籐條逼她每天練習個半小時，兼年年考級和參加六、七個比賽。時至今天，她仍然跟親友說，從沒有給女兒任何

壓力。我想說的是，以我個人經驗來說，阿媽的話，你不可以盡信！」志清續道：「不過，據Raymond所說，周曼曼的哥哥自小便聰明伶俐，學業成績一向彪炳，相比之下，周曼曼是遜色得多。她的成績永遠都在中下游，學科不精，術科也不太勁。她只有唱流行曲是較突出的，雖然上次社際歌唱比賽，她曾奪亞軍，但家人並不覺得那是個『有用』的獎項。歌她唱得確是好，但音樂科，因要做卷，考樂理，結果她連音樂科也不合格。加上在卓越的哥哥身邊成長，她自小便有強烈的自卑感。今年，好不容易被編入精英班，卻覺得讀來力不從心，自己遂要求補習。她要Raymond替她全科補習，連體育科的簡單筆試，甚至素描也要補習！」

「原來，遺書所寫的學業壓力，周曼曼確實是有的，而且可能頗嚴重。」小柔喃喃地道。

「Raymond說周曼曼在補習後，學業已有明顯進步，但仍未達到她自己的理想水平。她是希望可以達至她哥哥的成績，而Raymond說，以她的資質，是沒可能做到。」志清補充道。

「Raymond曾這樣跟她說？」小柔問。

「當然沒有！這些話一直在他心裏，他碰巧遇上我，便把話抖了出來。他説，如果在周曼曼想自殺的一刻，碰巧他在她身邊的話，一定可以制止這場悲劇。Raymond是確信周曼曼因學業壓力太大而自殺。」

「Raymond和你傾談時，可有提及他對周曼曼的傾慕和大家互送禮物呢？」小柔想了想，又問。

「沒有。補習老師和學生互生情愫，在補習行業一向是嚴禁的，Raymond當然也沒有向我提過。」志清道，「我致電你想説的就是這些了。不阻你休息啦，明天見面再談吧！晚安！」

# 十三 你們是最可憐的

翌日早上，偵查會議在飯堂繼續。

聽了志清講述在街上與Raymond的奇遇後，王梓道：「連Raymond這名校高材生也相信周曼曼是自殺的，看來，這單案件真的棘手！」

「不過，昨晚我在簿架找到這張單行紙。」小柔把紙攤開，放在桌上。「你們都該認出，這不是一張普通的紙吧？」

「啊！這是周曼曼那封遺書用的紙！」王梓驚道。

「是！只可惜，紙上沒有寫姓名和班別，沒法知道是誰的功課。」小柔歎了口氣，道。

「這樣深的數題，一定是高年級的。憑字跡判斷，該是個男生的功課。」志清仔細察看後，作了這個判斷。

「這樣的資料，沒有太大用處呢！」王梓抿抿嘴，似笑非笑地道。「小柔，這張紙是在哪一班的簿架上找到的？」

「是1E。但我相信是給人放錯了，F1學生不會做這樣艱深的數題。」小柔苦笑道：「似乎，找到這張紙，沒能證明到些什麼。」

「不用灰心！我們會繼續偵查。」志清滿懷希望地道。

「小柔，你不是說過，《少女偵探藍天》第一集跟郭家謀殺案很相似嗎？你有沒有看第二集？情節跟周曼曼這案件有吻合之處嗎？」王梓終於想到向竹山勁太「求救」了。

「我昨晚在志清致電來之前已開始看，他來電時，我正在看大結局。」小柔回道：「竹山勁太真是個『神人』，他所畫的第二集，正是主角藍天調查一個中二女生的死亡真相。」

「真的令人難以置信！」志清讚歎道。「小柔，不如你就直接告訴我們結局吧！漫畫裏的女生究竟是自殺抑或被殺，若是後者，兇手又是誰呢？」

「兇手是——」

來自後方的幾句霸道的粗言穢語打斷了小柔的話。

三人馬上轉身往後望。

原來是愛生事煩人組的三個欺凌者。

「真的對不起！我賠你汽水的錢吧！」一個身型矮小的男孩，該是中一生吧，從褲袋掏出錢包，想向煩人組的高菊賠錢。看來似乎是男生不小心推跌了她的一罐汽水，她就大發雷霆，以粗口責罵人家。

「賠？你還弄污了我的校服裙！我一會兒怎上堂呀？你馬上去替我買條新的校服裙給我吧！還有，你令我吃早餐的心情也全消了，這又怎樣計算呀？見你樣子寒寒酸酸，看怕你全副身家也不夠賠！」

中一生給她一番話嚇得面青唇白。「你……想我怎樣？」

「你實在太過分了！」小柔站起來，直衝到高菊的面前。「人家只是撞跌你的汽水罷了，賠你汽水錢不就行了嗎？」

「你是誰？我的事與你無關！」比小柔高出大半個頭的高菊，兩手叉腰，斜着眼睛望向她。

真的對不起！
我賠你汽水的錢吧！
你還弄污了我的校服裙！
我一會兒怎上堂呀？
你馬上去替我買條新的校服裙給我吧！
還有，你令我吃早餐的心情也全消了，這又怎樣計算呀？
見你樣子寒寒酸酸，看怕你
你實在太過份了！
人家只是撞跌你的汽水罷了，賠你汽水錢不就行了嗎？
你是誰？
我的事與你無關！

「你以粗口罵同學就是不對，而且人家已向你道歉，並願意賠償汽水的錢，可以做的已經做了，你還咬着人家不放，為難人家。我就是看不過眼！」

「你真好管閒事！」高菊怒得滿面漲紅。「你斗膽得罪我，你該是找死了！」

「你究竟知不知道我們是誰？」在她身旁的司徒錦威嚇似的道。

「我當然知道！你們是臭名遠播的愛生事煩人組，就讀2E班，即是周曼曼生前讀的一班。你們最愛惹事生非，欺淩內向孤獨的同學。你們恃着自己有強大的後台為你們力保學位，便橫行無忌。

「你們自以為很了不起，但其實你們是最可憐的。因為沒有人敢指出你們的錯，你們只會越變越壞，身邊的同學沒有一個願意親近你們，但他們會暗地裏談論你們，力數你們的不是。老師不敢責罰你們，也不會疼惜你們，只希望你們快快畢業離校，好等他們少一些煩惱。你們不能學懂與人相處之道，你們三人的關係亦未必會長久，因為你們不能以善心待人，也不懂友誼為何物。你們選擇這樣的生活，與我無干，因為你們不是我的朋友，但可惜，我們要在同一校園生活，你騷擾到我身邊的人，也等如騷擾到我，所以，我認為這番話不得不向你說。你會否聽，聽得懂多少，我不知道，我只是不吐不快。我的話，說完了！」小柔嘩啦嘩啦的說了一大堆肺腑之言。

「這兒發生了什麼事？」輔導組廖主任跟隨王梓到來了。

愛生事煩人組竟沒有一個作聲。

「是……是我，」中一生怯怯的道，「我不小心撞跌了那個姐姐的一罐汽水，弄濕了她的校服裙，所以……」

「所以我剛才向他發了一輪脾氣，現在……沒事了。對不起。」高菊竟低聲向那中一生道歉。

「該是我說對不起！我可以賠汽水的錢給你啊！」中一生打開錢包，準備取錢。

「不用了。由它吧！」高菊擺擺手，道。

「好了！問題解決了就好啦！麻煩你們請工友拿地拖來抹地，以免惹來蟑螂！」廖主任道。

# 十四 意外拍攝到的片段

「小柔，今早你那番訓斥高菊的話，真是太精彩了！」

午飯時，志清不禁要讚賞她。

「是我隨心而說的，真的很精彩？我已不太記得自己說了些什麼，早知道請你替我拍片啦！」小柔嘻嘻笑起來。

「你的話真的罵醒了他們，很有效。他們也是五行欠罵！」志清忿忿的道。

「是他們的背景累了他們。希望他們會痛定思過吧。」小柔道，「不要說他們了。我們要否打包一客雲吞麪給王梓呢？」

「不用，他說會在剪片室邊吃三文治邊剪片。」志清道，「他要把兩個多小時的訪問錄影剪輯成十五分鐘的訪問精華片段，你可以想像要花多少時間去剪。這幾天的午飯和放學後，他都會在剪片室『玩自閉』，大功告成後，他自會出現。」

* * *

吃過午飯，返回學校，同班同學賴明傑一見他們，便箭一樣的跑過來。

「快！跟我來校園電視台基地！王梓急找你們！」

賴明傑把他們帶到二樓的校園電視台錄影室，便功成身退。王梓已在身旁擺放好兩張椅子，恭候他們。

「這兒不是電視台的錄影室嗎？」志清環視四周，問道，「你為何頻說自己在剪片室？」

「在這兒擺放電腦，用程式剪片，這兒就是剪片室；有訪問嘉賓到來受訪，這兒就是錄影室；昨晚打機太累，午飯時間要到來鎖門小睡，這兒就是休息室。一室多用途，有什麼問題？」王梓反問他。「快坐下來，我有些重要片段要給你們看看。」

小柔和志清一左一右的坐到他身邊。

「我剛才在剪片時，無意中發現了一個片段。」王梓按一按滑鼠，開始播片。

「這位是我們上月邀請到學校接受訪問的校園小說作家思奇小姐。我們邀請她在一個星期六早上到校，在不同地點接受訪問。其中一個地點，就是教員室外的小花園。

「這個片段，我們以一個環迴鏡頭拍小花園，然後請思奇小姐站在花園中央分享最新系列的創作靈感。我想你們留意的，是片段左方意外地從教員室兩扇玻璃窗拍攝到教員室內的情形。

「那天是星期六兼公眾假期，但校長特別在早上開放學校，讓校園電視台有充裕時間拍攝作家的訪問，並讓初級組合唱團回校為比賽做綵排。

「當天，應該只有我們校園電視台的負責老師甘Sir和音樂科主任Miss Cheung兩名老師回校，但，奇怪地，我們竟拍攝到教員室內的兩名不速之客！」

王梓把片段定格，放大拍攝到教員室的部分。

「你們看看這兩個穿便服的男生！」他伸手指一指片中兩名貌似高年級的男生，道：「他們肯定不是老師，但卻在這張教師桌上開抽屜翻文件夾不停找東西。

「我記得那張桌子是教英文的袁詠兒老師的，這兩名男生究竟要在她的桌子找

什麼呢？因角度問題拍攝不到。

「好！暫時不聚集在他倆身上，我們繼續去片，看作家訪問。

『思奇小姐，為何你那麼喜歡以青少年為寫作的對象呢？』小記者問道。

『該是因為我第一份工作就是返母校任教——』

王梓又把片段定格。

「請你們留意一會兒在小記者和思奇小姐中間路過的一個人。」

片段繼續播放。

就在思奇小姐說話的時候，一名女生剛巧在她身後走過，並好奇的扭過頭去望了她一眼，見原來正在拍攝中，她伸一伸舌頭，急步跑過了。

「是周曼曼啊！」小柔叫了出來。

「繼續看下去！」王梓道。

小柔屏息靜氣的看着，周曼曼在教員室轉角消失。然後，鏡頭左方拍到的教員室內的情形。大家可以見到周曼曼推門進教員室，兩名男生的搜索動作馬上停了下來，不約而同轉身望向她。

片段只有他們的影像，沒有聲音。大家只見到周曼曼面帶惶恐的跟他們說話，而兩名男生因背向鏡頭，未能看到他們的面部表情。

「片段就在這兒完結。之後，我們換了一個拍攝角度，攝影機改了擺放位置，再也拍不到教員室內的情形。」王梓道。

「當天你們在拍攝時，沒有一個察覺到教員室裏有不尋常的事件發生嗎？」志清質問他似的道。

「我們全組人，包括甘Sir都專注在小記者和思奇小姐身上，並沒有留意教員室裏發生什麼事，而且，當天教員室的兩扇對着小花園的窗子都緊閉了，我們完全聽

不見裏面的人聲。」王梓解釋道。

「拍攝的日期是——」小柔問。

「十一月八日。」

「好！馬上起來，我們偵查去！」她坐言起行，拉着志清和王梓，衝出錄影室。

# 十五 影片中的兩個男生是誰？

「袁詠兒老師不在教員室呢！」

小柔和王梓在教員室門旁探頭內進，遍尋不獲。

「你們要找誰呀？」

在背後拍他們肩膊的是音樂科主任Miss Cheung。

「Miss Cheung，你來得正好！我也想找你。」小柔如獲至寶的拉着她，道：

「我想問你一些關於周曼曼的事。」

Miss Cheung聞言，長長歎了一口氣，道：「她人已不在了，你還想問關於她的什麼呢？」

小柔把她請到教員室外的走廊，一臉認真地道：「我們想了解一件事的真相，只有你才可以幫忙。」

「什麼事？可以幫忙的話，我一定幫。」Miss Cheung回道。

「十一月八日，合唱團回校綵排，當天，周曼曼也有出席的，是嗎？」小柔問。

「對！那天早上我們在禮堂綵排，周曼曼和其他團員都準時回來。」

「明白。」小柔又問：「在綵排的期間，周曼曼有否離開禮堂呢？」

「有。」Miss Cheung回道：「在綵排到中段休息時間，我請周曼曼替我到教員室一趟。我把喉糖遺留在我桌面，便着她幫忙去取。周曼曼是個很乖純很誠實的孩子，我對她很信任，才會請她替我走一趟。」

「當天，周曼曼有否辦妥她的任務呢？」王梓問。

「有啊！她順利替我取了喉糖帶來禮堂。那是很簡單的任務。」

「你有否發覺她返回禮堂後有什麼異樣？」志清也忍不住發問。

「她……交了喉糖給我後，便返回她綵排時站的位置，沒有說些什麼，也沒有什麼異樣。」Miss Cheung好奇問道：「你們為何要知道她當天的情形呢？」

小柔迴避了她的問題，又拋出另一問題：「Miss Cheung，當天你在綵排後返回教員室，有沒有注意到教員室有什麼異樣？」

「沒有啊！跟平日沒有什麼大分別。」Miss Cheung來回看看他們三人，疑惑地問：「是否那天發生了什麼事，以致——周曼曼後來——出事呢？」

「我們暫時未能肯定，現在只是在搜集資料的階段。有進一步的消息，我們一定會告訴你。謝謝，Miss Cheung！」

剛離開教員室走廊，王梓突然「哎」的一聲大叫起來。

「我差點忘記今天約了甘Sir，午飯時間最後十分鐘，他會到錄影室看看我剪片的進度！糟了！現在已過了時間，你們跟我一同去，替我向他解釋一下吧！」

回到錄影室時，甘Sir果真已到了。

「王梓，你到哪兒去了？電腦開着，錄影室門大開，人卻不見了。這兒放了很多器材，門一定要小心鎖好，我不是叮囑過你嗎？」甘Sir板着臉道。

「甘Sir，我們是因為在看片時發現了些重要的事情，想馬上求證，所以我拉着王梓離開錄影室。你千萬不要怪責他！」小柔替王梓求情道。

「好！告訴我，你們發現了些什麼事情。」甘Sir道。

王梓馬上坐到電腦前，把剛才的片段重播。

震驚和憤慨，在甘Sir的臉上寫滿了。

「因為周曼曼牽涉在事件裏，所以，我們的緊張不無道理。」小柔道。

「甘Sir，你可認得出片段中的兩名男生呢？他們該是高年級學生吧？」志清問道。

「我沒有教高年級，所以不認識他們，但，我們可以請訓導組老師來幫忙，他們有全校學生的相片檔案，可以辨認出片段中的男生身分。」甘Sir回道。「又或者，請袁詠兒老師看片，或許可以辨認出其身分。他倆在袁老師的桌上瘋狂搜索，他們多半是她的學生。不過，袁老師今天外出開英文科會議，未知道她下午什麼時候回來。」

「甘Sir，袁詠兒老師跟你一樣都是教英文科的。十一月八日至今已有一段日子，你可知道在這段期間，英文科可有特別事情發生過呢？」小柔問道。

「有啊！記得我們開英文科會議時，袁老師曾經提及，今次考試，中五級有兩個平日成績一般的學生，在幾份卷中都獲得頗高的分數，曾懷疑試卷外洩，但又苦無證據，最後不了了之。

「現在想來，她提及的兩個中五學生，很大機會就是片段中那兩名男生！」甘Sir恍然大悟地道。

「那麼，他倆的身分該很快便可以辨認出了，而這個片段，該可以證明，他們在袁老師桌上瘋狂搜索的，該就是第一學期的英文科試卷！」小柔又想了想，臉色一沉，喃喃地問道：「這兩名偷卷的男生，當天在行事時給周曼曼無意中撞破了，他們究竟跟周曼曼說了些什麼？是威脅的說話吧？他們——跟她的死，會——會否扯上關係？」

# 十六 在訓導室道出的真相

訓導室的門被敲了兩下。

「請進來。」訓導組陳主任道。

中五生伍富和任光明推門而進。

室內除了陳主任，還有一個他們不認識的初中女生，就坐在桌旁，以豹子般銳利的目光緊盯着他們。

「陳主任，她是誰？」伍富愕然地問道。

「她是一個重要的人物。是我特准她留在訓導室的。」陳主任清清喉嚨，開始道：「今次請你們到來，想讓你們看一段片。」

小柔馬上把桌上的電腦推到他們面前，並按了滑鼠，片段便開始播放了。

「請留意片段的左上角，即是教員室內的情形。」小柔提醒他們道。

兩人一邊看，臉色一邊變紫變青。

末了，小柔把片段定格，並指一指，道：「片中的是你們吧？」

兩人互望了一眼，正猶疑該如何回應，陳主任馬上問道：「不出聲是否代表默認？」

「不……是……人有相似吧！」任光明口吃地道，明顯地在說謊。

「人有相似？」陳主任眉心皺在一起，再道：「我幾乎可以百分百肯定，你們就是片中人。」

「總之，我們並非片中人。」伍富扮作鎮定地道。

「如果是我們認錯人，或許，我們馬上向警方求助，請他們派警員來幫忙辨認好了。他們該比我們專業得多。」陳主任提議道。

「不用……不用報警！」任光明聲線抖顫地道。「是……我們就是片中人！」

陳主任點了點頭。「勇於承認，很好！現在請老實告訴我，你們在這公眾假期潛入教員室的目的是什麼？」

兩人垂下眼，沉默了半晌，才由任光明再道：「我們想在教師桌上找英文科試卷。」

「為什麼？」陳主任追問。

「因為……有人必須在今次英文科考試中，取得理想成績，而……他……沒可能靠實力做到，所以才鋌而走險，去偷試卷和答案。」道出秘密了的任光明臉色由白轉紅。

「有人？你指的是誰？」陳主任誓要他指名道姓。

「是伍富。」任光明低聲道。

伍富狠狠的瞪了他一眼。

「我先繼續問你，任光明。為何你要和他一起去偷試卷？」陳主任湊近他，問。

「我知道他有這個意圖，便提議和他一起行動。因為，我的英文成績也不太好。」

「好！」陳主任別個頭去，轉而問伍富，「任光明所說的是否屬實？」

「如果我說並不屬實呢？」伍富反問。

「那，你就向我們說出真相，由我們判斷誰是誰非。」

「事到如今，你還想瞞下去？」任光明激動起來，「片子也有了，你怎可以抵賴？老老實實承認吧！我不想上警署啊！我阿爸就是警察，他知道了一定怒不可遏，他瘋起來會打死我的！我也認了，你——無謂『死撐』啦！」

伍富咬咬牙，悻悻然道：「你要我認就認吧！」

「好的！伍富，我問你為何特別要在今次的英文科考試取得好成績？」

「因為，我有機會到外國升學。」伍富斜起眼睛，望出窗外，續道：「我成績不好，升讀香港的大學應該無望。我媽媽和她新婚丈夫住在英國，唔……我爸媽早在我七歲時離婚，我跟爸爸同住，但一直和他關係不好，打打罵罵是家常便飯。再說我媽媽，她知道我在足球方面有天分，說可以替我申請到英國讀書，培養足球方

面的才華。她好不容易替我找到一間接近她住處，又辦得不錯的中學，但校方認為我英文科成績不理想，不接納我的申請。我媽媽和後父用盡人事關係，替我爭取一個機會，校方表明，若果我的英文考試成績有顯著進步，便會考慮我的申請。這是個千載難逢的機會，實在不容有失！依靠補習，未必可以在短期內提升我的英文科成績，所以——所以我想到偷試卷。我曾在乘公車時偷聽過袁詠兒老師和同事的對話，知道這學期的中五級英文試卷已擬好了，便想到在公眾假期潛入教員室偷卷。我跟任光明談及這計劃，他主動說想參與，最後，我們便在那一天一起行動，成功在袁老師桌上找到試卷和答案，用手機拍下，然後放回原位。」

「片段上，我們可以明顯見到周曼曼進教員室替老師取東西時，撞破你倆的行動。你們可有跟她說過些什麼？」小柔追問。

「我們——並沒有說什麼。她望了我們一會兒，便走到一張老師桌上，取走一盒喉糖，然後離去。

「剛才的片段，也沒有拍到我們襲擊她吧？」伍富回道。

「你們真的沒有跟她交談過？」陳主任問。

「沒有。」伍富即回道。

「沒有呢！」任光明也道。

「之後，有否在校園再碰上她，交談過呢？」

「沒有。」二人齊聲道。

# 十七 校譽比追尋真相更重要？

「鬼才相信他們的話！」

走往巴士站途中，聽了小柔的描述，志清雙拳一揮，向兩名男生投了不信任票。

「我都認為難以置信！雖然拍攝的片段聽不到聲，也拍不到他們有否進一步行動，但，我認為他們一定有向周曼曼說過威嚇的話。」王梓又道，「可惜，周曼曼已不在，當天，教員室裏又沒有第四者，沒有人證物證，教員室又沒有裝閉路電視。唉——」

「陳主任有否說過，他倆會有什麼後果呢？」志清問。

「他沒有說，因為要訓導組開會商討才能決定如何懲處。」小柔道，「不過，直覺告訴我，周曼曼的死，和此事有關連。」

到巴士站了，三人走到隊尾，站定。

「陳主任會否向警方報告此事？和周曼曼有關啊！」王梓問小柔道。

「陳主任明確表示不會。一來，警方早已把周曼曼的死列為自殺案處理；二來，沒有確實證據證明他倆和她的死有關；三來，校長不希望節外生枝，只想大家不再提周曼曼事件。始終，他認為這事已影響校譽。」小柔剖析道。

「校譽比追尋真相更重要？」志清自言自語地道。

「對我來說，並不！」小柔即道。

「但事件的確難以偵查，看來，我們要把它暫擱了。」王梓歎氣之後仍是歎氣。

「呀！有了！」小柔雀躍的大叫起來。

* * *

「又是你？」

翌日的小息，小柔、王梓和志清走進5C班課室。小柔在伍富旁邊的座位坐下。

「是的，我們又見面了！」小柔微笑着，跟他揮揮手，道。

「你又想怎樣？」伍富毒視着她，問。「袁老師說，我上次的英文科試卷分數作廢，要我重考！」

「那不是好事嗎？給你機會練一下英文，在重考中測試自己的實力。先預祝你成功！」小柔仍保持笑容，道。

「你來見我有什麼目的？嫌害我不夠？」伍富問。

「我只問你一個問題。」

小柔把一張紙擱在桌上，問：「這半份功課是你的吧？」

伍富看見那淡藍單行紙上自己的字跡，心裏大驚，但仍強作鎮定地道：「不是我的。」

「不是？」小柔把這份功課的首頁也擱在桌上。

「這是功課首頁，上面就有你的名字——伍富，班別——5C。這首頁和另一張該是釘在一起的，不知怎的，第二頁甩了出來，神推鬼使的去到我手上。今早我問過你班的數學老師李Sir，他說：『碰巧伍富功課首頁就在我處。』他還告訴我，他

！
又是你？
是的。
我們又見面了！
你來見我有什麼目的？嫌害我不夠？
我只問你一個問題。
這半份功課是你的吧？

自你中三開始教你，你自中三已愛用這款淡藍色單行紙做功課。他曾問你為何不用校紙，你回答他，因為你媽媽愛買英國的文具，寄給你作禮物。這款單行紙是你媽媽送你的，有一大疊，多得像用之不盡。李Sir遂特別批准你使用這款紙。

「李Sir不會向我說謊吧？那麼，說謊的該是你了！」

伍富見謊言給她揭穿了，黑起臉道：「好！這份功課是我的，那又怎樣？」

「這是一件證物。」小柔收斂起笑容，嚴肅地道。

「證物？什麼意思？」

「它證明了你和周曼曼的死有關。」她道。

「哈！怎證明呢？上面的是數題而已！」伍富牽強的笑起來。

小柔不慌不忙的掏出手機，在他面前開啟了。

「哦——你在校內開手機！」伍富高聲向仍在教師桌跟學生傾談的區Sir道，

「區Sir，這女同學在課室開手機，犯了校規！你是否會沒收她的手機？」

區Sir聞言，立即走了過去。

「這位女同學，你為何明知犯校規也要開手機？」他問。

「因為，我要讓伍富知道，我手機裏有一張相片，可以證明他和周曼曼的死有關。」小柔以堅定的語氣回道。

她按一按手機裏的相片庫，然後把手機遞到伍富跟前。

「這封就是警方在周曼曼家中發現的遺書，遺書所用的紙，正是你媽媽由英國寄給你的單行紙，是本地沒有再售賣的書寫紙！」

「哈哈！」伍富乾笑了兩聲，道：「單憑這張紙就可以證明我和周曼曼的死有關?!你未免太天真了！」

「這可是個非常有力的證據，再加上校園電視台訪問作家時無意中拍到的片段，清楚看到你和任光明擅闖入空無一人的教員室，在袁詠兒老師的桌上翻尋英文科考卷，被受老師所託入教員室的周曼曼撞破。雖然片段沒有聲音，但我肯定，把這些重要的證據向警方呈上，警方一定會考慮翻查周曼曼的案件，或會推翻當初認為她是自殺的判斷！」

# 十八 我可以怎樣做？

「爸爸，快過來吧！新聞報道要開始了！」

小柔在客廳大叫，催促仍在廚房準備晚餐的張進出來。

「志清，你坐到地上吧！世伯要坐沙發。」王梓拍拍身旁志清的大腿，要他讓位。

「為何你不坐在地上而要我坐？」志清板着臉反問他。

「不要吵呀！若要公平對待，你兩個都給我坐到地上好了！」小柔嗔道。

兩人無奈的由沙發降到地上，好讓張進返回「尊座」。

兩星期前發生的中二女生周曼曼墮樓案，現有新的進展。

警方正式落案起訴周曼曼同校的一名十八歲中五生伍富意圖謀殺。

警方發言人指，因為有消息人士提供特別的線索，令案情有突破性的發展。警方蒐集到有力的證據，證實女生周曼曼墮樓事件是他殺而非自殺。

在今年十一月八日上午十一時，伍富與同學任光明涉嫌潛入學校教員室，偷取英文科試卷和答案意圖作弊，在行動之時，被周曼曼發現。周要求伍和任把試卷放回，但伍向周作出恐嚇，周因恐懼而沒有向任何人披露事件。

十一月十日和十三日，周在校園重遇上伍，一次又一次勸告他向老師承認偷卷一事，但被拒絕。十一月二十四日，周主動在小息時到課室找伍和任，再次勸告兩人向老師承認過錯，兩人依然拒絕。周遂多次給他們寫信，希望他們能反省，承認錯誤。伍對周的相勸感到不勝其煩，亦怕在校園多次與周相遇，會令事件曝光，竟計劃殺害周，但部署成周因學業壓力而自殺。

伍一位患有腦退化症的姑婆，住在嘉禮頓道豪天花園二十一樓，碰巧是周的鄰居。

十二月五日晚上七時，周藉辭到姑婆家吃飯，乘機由姑婆的露台冒險爬過欄杆，走進周的家，碰巧當晚她獨自在家，伍把她從二十一樓的露台推下，然後把一早模仿周的字跡寫好的遺書放在她家的飯桌面，再爬過欄杆返回姑婆的家。

患有腦退化症的姑婆，因記憶力衰退，已沒法記起十二月五日所發生的事。

警方靠被告的口供及消息人士提供的證據，重組案情。

至於受害者與被告同讀的一所中學，校方表示對事件感到非常遺憾，向受影響的兩個家庭表達深切的同情，會盡能力協助他們度過難關。

教育署發言人已表示，今次事件是悲劇，署方亦會再次委派教育心理學家到校疏導學生的情緒……

「吓？又有教育心理學家到來？又做問卷？不用了吧！」志清怨聲載道。

「或者，我們有份破案的三人該可以倖免。」王梓道。

「我怕你們難以倖免了！」張進鬼鬼地笑道，「可能，教育心理學家會甚有興趣了解你們這三名少年偵探的心理，向校長提出要特別抽時間接見你們，要求你們做一份特長的問卷，以分析你們的心理狀況，甚至做智商測試呢！」

「不是吧?!爸爸你在說笑還是說真的？若果是真的請替我探聽一下那教育心理

學家是否明天到校，我明天或者會有偏頭痛，要請病假！」小柔雙手按着頭，高聲嚷道。

「我工作壓力大年紀大，成年人有偏頭痛是正常的。你十三歲女，想學我有偏頭痛？哈！沒有說服力啊！」張進笑道。

「嘻嘻！我的偏頭痛是遺傳自你的！」小柔瞇着眼，一臉都是笑。

「偏頭痛不是遺傳病，你不要亂說一通！你若果想要偏頭痛，讓我獎你一個頭搥吧！」張進作勢要把頭撼到小柔的頭頂。

「喂喂喂，爸爸呀！有客人在，你不要玩得這樣瘋癲好不好！」小柔兩手托着張進的頭，叫道。

「好！不玩了不玩了！我們一起吃晚餐吧！」張進站起來，轉身入廚房。

「世伯，我來幫你忙吧！」志清「識做」的站起來，準備隨他進廚房幫忙。

「今晚吃牛扒，我已放了四份刀叉在飯桌上，你去把它們擺放好吧。」張進道。

「小柔，有一個問題你仍未答我。」王梓突然問道：「上次在飯堂，我們問你有沒有看《少女偵探藍天》第二集，又問你兇手是誰，那時你的話給那愛生事煩人組打斷了。現在我再問你一次，第二集漫畫裏，謀殺那中二女生的兇手是誰呢？」

「那麼久的事，你還記得要問我？」小柔道：「好！就告訴你，那一集的兇手是——」

「特別新聞報告！」新聞主播突然神色凝重地道，「著名漫畫家竹山勁太的太太趙菲女士，下午五時左右在寓所突然心臟病發，由家傭召救護車送進木山醫院，現時情況危殆……」

「竹山太太也入了醫院？我有否聽錯了？」張進從廚房衝出來，急問道。

「爸爸，你沒有聽錯。她真的入院了。」小柔瞪着電視熒幕，喃喃道。

「竹山太太不是公開說過想你去見她嗎？現在她心臟病發了……唉！不知道——」志清也急作一團。

「小柔，你打算怎樣？」王梓問她。

「我——可以怎樣做呢？」小柔反問。

# 後記

君比

在一個月內完成一本小說，對我來說是一個紀錄。

一個接一個的講座，一班接一班的小說班，還有幾間公共圖書館的青少年讀書會活動，令我這個學年的生活過得非常充實。或許因為太忙碌，休息不夠，我病了好幾次。幸好在生病時，創作能力沒有因而削弱。我是在四月中，喉嚨發炎兼發燒的一個晚上，用十幾分鐘時間寫下了第二集的大綱，交給編輯。

就在正式開始寫《漫畫少女偵探2》的第二天，我到了一間中學接受校園電視台的訪問。那是一個星期六，也是公眾假期。校長特地回學校開門，好讓學生和我進行這個活動。

我們在學校幾個地點拍攝，過程順利，也很愉快，我從沒想過這次接受訪問，竟然有助我創作。

在寫結局的時候，想過幾種寫法，但都覺得未是最好的一種。就在這時，我回想起那次訪問，突然想到把這件事改編成故事情節，一切便變得合理、通順了。

內文提及的土豪式補習，並不是虛構，而是真實事件。我大兒子曾告訴我，他的港大同學個個都有替人補習，其中一個更找到一份奇特的補習，他稱之為土豪式補習，是由黃昏六時一直補習至凌晨三時，連續九個小時。補習學生是一名中二的男生。每次補習至晚飯時間，男生的媽媽都會為他們煮麪，好讓他們邊吃邊補。大兒子的同學說，一次補習便賺過千元補習費，雖然辛苦，但都會繼續補下去。我心想：學生應該比老師更辛苦，年紀小小，怎能連續九小時坐定定吸收知識呢？而且，應該上牀就寢的時間卻要被迫補習，這跟虐待沒有分別。

與主角張小柔「生活」了好一段時間，開始熟習她的個性。筆下的她，比以前更有偵探頭腦，更活潑可人。我也越來越喜歡她這個角色。

感謝今次為我寫序的同學，也希望各位喜歡這個系列的第二集。

君比・閱讀廊
漫畫少女偵探②

# 影像背後的真相

作　　者：君比
繪　　圖：步葵
策　　劃：甄艷慈
責任編輯：周詩韵
美術設計：陳雅琳
出　　版：山邊出版社有限公司
香港英皇道499號北角工業大廈18樓
電話：（852）2138 7998
傳真：（852）2597 4003
網址：http://www.sunya.com.hk
電郵：marketing@sunya.com.hk
發　　行：香港聯合書刊物流有限公司
香港新界大埔汀麗路36號中華商務印刷大廈3字樓
電話：（852）2150 2100　傳真：（852）2407 3062
電郵：info@suplogistics.com.hk
印　　刷：中華商務彩色印刷有限公司
香港新界大埔汀麗路36號


二〇一六年七月初版
二〇一八年一月第二次印刷

ISBN: 978-962-923-433-1

18/F, North Point Industrial Building, 499 King's Road, Hong Kong
Published and printed in Hong Kong